EL DUENDE VERDE

*Esta obra obtuvo en 2015 el Primer Premio
del XXXIV Concurso de Narrativa Infantil «Vila d'Ibi».*

Ajuntament d'Ibi

© Del texto: Isabel Jijón, 2016
© De las ilustraciones: Alberto Díaz, 2016
© De esta edición: Grupo Anaya, S. A., 2016
Juan Ignacio Luca de Tena, 15. 28027 Madrid
www.anayainfantilyjuvenil.com
e-mail: anayainfantilyjuvenil@anaya.es

1.ª edición, abril 2016

Diseño: Taller Universo

ISBN: 978-84-698-0850-4
Depósito legal: M-3494-2016

Impreso en España - Printed in Spain

Las normas ortográficas seguidas en este libro son las establecidas
por la Real Academia Española en la *Ortografía de la lengua
española,* publicada en el año 2010.

EL DUENDE VERDE

Isabel Jijón

UN MARCIANO EN LA OREJA

Ilustración: Alberto Díaz

La primera vez que Sara me contó esta historia no la creí del todo. Pero, claro, era porque yo tenía un marciano en mi oreja. Tú, que sí tienes las orejas limpias, vas a entenderla mejor que yo.

Sara me contó su historia otra vez y me pidió que la escribiese. Ella sabe que yo solo entiendo las cosas si las escribo.

Ahora esta historia es para ti y, si quieres, tú también puedes escribir o cambiar o inventar nuevas aventuras para Sara y Neil Armstrong. Para mí, leer, escribir, imaginar o perderme en un libro es lo mismo. A tu edad me perdí más de una vez con personajes inventados, en mundos inventados, buscando

un mejor final para mis cuentos
favoritos.

Sara solo tiene una
condición: que cuando leas o
escribas o inventes aventuras
siempre te rías mucho para que
a ningún marciano se le ocurra
instalarse en tu oreja.

Para Pancho.

1

NEIL ARMSTRONG y yo corremos
por el cuarto. Cada cierto tiempo
miramos por la ventana. Somos piratas
buscando a las sirenas-pulpo y miramos
por la ventana. Somos princesas
defendiendo castillos de dragones
y miramos por la ventana. Somos
exploradores en el páramo andino
aprendiendo magia de las liebres
mutantes y miramos por la ventana.

Pronto llegará el autobús.

Todas las tardes, Neil Armstrong y yo esperamos que Diego regrese del colegio.

—¿Te acuerdas de cuando Diego pudo nombrar más dinosaurios que su profesora? —le pregunto.

Neil Armstrong solo conoce dos dinosaurios.

—¿Te acuerdas de cuando Diego tocó una araña y ni siquiera se asustó?

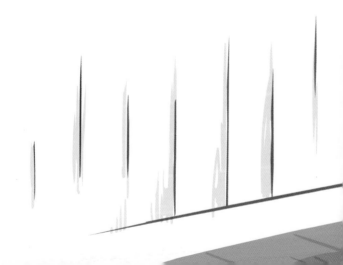

Neil Armstrong todavía se asusta un poco de las arañas.

—¿Te acuerdas de cuando Diego hipnotizó a los gatos… —bajo la voz y observo a mi alrededor— usando solo comida de gato?

Neil Armstrong me mira sin pestañear. Él se acuerda. Él lo vio.

Neil Armstrong es mi oso. Antes fue de Diego. Pero Diego ya no tiene tiempo para osos.

Se está preparando para otras aventuras.

Cuando sea grande Diego va a ser un astronauta.

Diego dice que yo todavía soy muy chiquita para ser astronauta. Dice que por lo menos tengo que haber terminado Primaria.

Cuando Neil Armstrong y yo terminemos Primaria nos vamos a ir a la Luna. Hasta eso tratamos de aprender de Diego a escondidas.

¡Piiip, piiip!

El autobús se acerca a la parada.
Neil Armstrong y yo pegamos las
narices contra el cristal.

A través de la ventana podemos
ver a Diego. Un niño está hablando
con él. Parece más rinoceronte que
niño. Arquea su espalda. Alza su nariz.
Aprieta su cara hasta que parece de
cemento.

El rinoceronte se ríe y señala a Diego
con el dedo. Pero Diego no se ríe,
está ocupado tratando de esconder
un cohete en su mochila. El rinoceronte
arranca el cohete y lo levanta por
encima de la cabeza de Diego.
Dice algo que no podemos escuchar.

—¿Qué está haciendo? —le pregunto
a Neil Armstrong—. ¿Está usando el
cohete para hacer magia?

Una vez Neil Armstrong hizo magia con una cuchara.

—¿Está usando el cohete como trofeo de las Olimpiadas?

Neil Armstrong ganó las Olimpiadas hace un mes.

—¿Está usando el cohete para traer un marciano a la Tierra?

Neil Armstrong y yo nos llevamos las manos a la boca. Nosotros nunca haríamos algo tan peligroso.

Diego salta y estira los brazos, para salvar al mundo de los marcianos, obviamente. Pero el rinoceronte es demasiado alto. Se ríe. Muestra la lengua y los dientes.

El conductor grita algo.
El rinoceronte lanza el cohete al suelo.
Diego recoge sus cosas y, sin decir
nada, sin mirar a nadie, se baja del
autobús.

Neil Armstrong y yo nos estiramos
para ver si algún marciano se baja
con él.

2

DIEGO ENTRA en casa y le pega una patada a la puerta. Los gatos se esconden bajo el sillón.

—¡Hola, Diego! —saludo.

Diego me ignora. Marcha hacia su cuarto pisando como un elefante.

Neil Armstrong y yo lo seguimos, pisando como elefantes también. Vemos cómo Diego agarra libros y juguetes de la estantería. Los arroja a una bolsa. Parece un gorila.

Me quiero reír, pero su mirada me detiene. Es la mirada de un tiburón.

No entiendo este juego.

Con la bolsa al hombro, Diego sale del cuarto y va hacia el armario de la sala. Abre la puerta. Mete la bolsa. Cierra la puerta con una patada.

—No más tonterías del espacio —murmura.

—¿Diego? —pregunto.

No me mira ni me oye. Tal vez es un tiburón ciego y sordo. Eso o me he vuelto invisible otra vez. A veces pasa.

Diego regresa a su cuarto y da un último portazo. La sala que hace poco era un barco, un castillo y un páramo, ahora está vacía. Abrazo a Neil Armstrong. El oso tiembla.

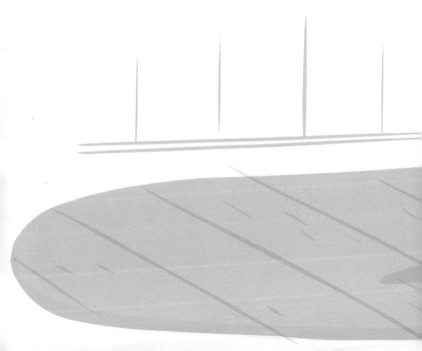

3

EL ARMARIO permanece cerrado por varios días. Diego ya no habla de ser astronauta. No dice nada cuando papá le muestra las nuevas fotos de Plutón. No dice nada cuando mamá le cuenta sobre el libro de Yuri Gagarin. A Neil Armstrong y a mí no nos dice nada de nada, no importa lo que hagamos.

Pero Neil Armstrong y yo sabemos la verdad: Diego tiene un marciano en la oreja.

En nuestros seis largos años de vida, Neil Armstrong y yo hemos conocido a tres marcianos. El primero entró en la oreja de papá cuando un platillo volante se acercó a nuestra ciudad. Papá estaba sin trabajo. El marciano le volvió *raro*. Papá pasó una semana en pijama. Papá desarmó los enchufes de la casa. Papá no dijo nada durante días y luego dijo todo de golpe.

Por suerte, Diego sacó al invasor. Una tarde, mientras comíamos, contó el chiste del loro. Papá se rio y rio y rio y el marciano salió volando.

Hoy comemos en un restaurante.
Desde que nos sentamos, Neil
Armstrong y yo hacemos de todo
para que Diego se ría. Nos metemos
servilletas en la nariz. Peleamos con
nuestros tenedores. Tratamos de comer
un pedazo de *pizza* entero de un solo
bocado.

—Sara, pórtate bien —dice mamá.

—¡Pwewo mwe stwoy pwowtandwo
bwiewn!

—Sara, no hables con la boca llena
—dice papá.

Trago, tomo aire y empiezo:
—¿Saben el chiste del loro?
—¿Tú sabes el chiste del loro?
—pregunta papá.
—Había una vez un loro…
¿o era un tucán?

Papá se atraganta con su *pizza*.

—No, ya me acordé. Era un señor. El señor llega a su casa una noche… ¿O era temprano en la mañana?

—Era a media tarde —dice papá. Mamá le da un codazo.

—Llega de noche y entra por atrás porque… Bueno, no creo que importe por qué.

Diego me mira como si me estuvieran saliendo pies por la nariz.

—Sara, para. Eres pésima contando chistes.

Mamá y papá saltan.

—¡No seas malo con tu hermana!

—¡Ella puede contar lo que quiera!

Diego pone los ojos en blanco, se estira sobre la mesa para servirse más *pizza*.

Cuando se acerca, me parece ver las antenas de un marciano asomar por su oreja.

Tomo un poco de Coca-Cola y siento que mi panza se llena de gas. Entonces se me ocurre una idea. Tomo la mano de Neil Armstrong y empiezo a contar: cuatro, tres, dos...

—¡Euuhpct!

Suelto un eructo tan grande que tiembla la mesa, los vasos, la cara de mamá. Papá casi se cae de la silla por la risa. Mamá abre mucho los ojos. Una camarera que está cerca se tropieza. Un señor en otra mesa se desmaya.

Diego sigue comiendo. No alza los ojos. No se ríe.

Por su oreja, el marciano asoma la cabeza y al verme, saca la lengua.

4

EL SEGUNDO marciano entró
en la oreja de mamá cuando los
extraterrestres exploraban la Tierra.
Mamá justo se había enterado de que
la editorial no publicaría su último libro.
El marciano la volvió *rara*. Mamá pasó
todo el día en cama. Mamá solo quería
ver la televisión. Mamá trató de romper
todas las páginas de todos sus libros.

Por suerte, Diego también sacó a
este intruso. Un día, en una piscina,
empujó a papá al agua. Mamá se rio y
rio y rio y el marciano salió volando.

Papá nos lleva a una piscina cerca de la casa de la abuela. Neil Armstrong y la abuela toman el sol. Papá y yo nadamos haciendo carreras. Mamá nada de espaldas. Diego se apoya contra una pared.

—¡Mira, Diego! ¡Soy un hipopótamo!

Lleno los cachetes de aire y floto.

—¡Mira, Diego! ¡Soy un camello de mar!

Lleno la boca de agua y escupo.

—¡Mira, Diego! ¡Soy una sirena-pulpo!

Doy vueltas y pataleo para que mis dos piernas parezcan ocho.

Diego me mira como si me estuvieran creciendo uñas en el pelo.

Salgo de la piscina y camino hacia el borde con las manos frente a la cara.

—Soy una señooora leyeeendo el perióóóodico —canto mirando a mis manos—. ¡Y camiiino sin veeer a dónde voooy!

Cuando se acaba el suelo agito los brazos, doy alaridos y caigo al agua de panza. Caigo al agua varias veces. Mamá, papá y la abuela se ríen. Recomiendan otras formas de caer. Diego no.

—Mamá, ¿nos vamos? —dice, levantándose tras mi quinto chapuzón. Se seca con una toalla, con apuro, como si el agua oliera mal.

Miro a Neil Armstrong y se me
ocurre una idea. Salgo de la piscina,
camino hacia Diego y empiezo a
contar: cuatro, tres, dos…

—¡Ataqueeee! —grito, y lo empujo
con toda mi fuerza.

Niño, niña y toalla caemos al agua.

—¡Cuidado! —grita mamá.

—¡Sarita! —grita papá.

—¡Mi toalla! —grita la abuela.

Nuestra caída causa un maremoto.
Nos tragan olas y espuma. Los adultos
y Neil Armstrong se acercan al borde
del agua para ver mejor.

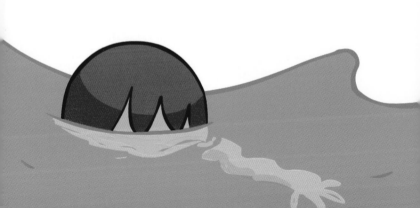

Diego aparece primero, chapoteando. Yo aparezco después, riendo. Pero enseguida dejo de reírme.

Diego otra vez tiene ojos de tiburón.

—¡¿Qué te pasa?! —vocifera.

Diego grita.
Mamá grita.
Papá grita.
La abuela grita.
Poco a poco me hundo en la piscina.
Debajo del agua los gritos suenan a trombones desafinados. Cierro los ojos y espero. Empiezo a contar: cuatro, tres, dos…

Debajo del agua también puedo oír al marciano. Está cantando.

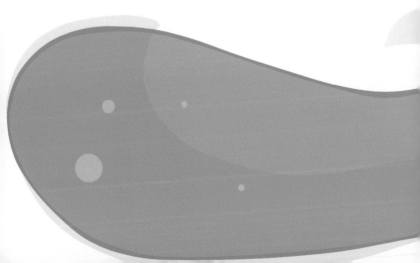

5

EL TERCER marciano, el peor, entró en *mi* oreja. Los marcianos dejaron la Tierra, pero uno, por terco, se quedó atrás. Yo acababa de cumplir seis años. Tuve una fiesta con todos mis amigos. Devoramos un pastel de chocolate. Me vestí de pirata-princesa-exploradora.

Entonces, Florencia Loor, la niña más guapa de la clase, me dio un abrazo y me dijo:

—Bienvenida. Ya eres grande, como yo.

Fue como si me hubiera pateado en la cara, como si me hubiera escupido en el pelo. Yo no quería ser grande como Flor. Yo quería ser pirata-princesa-exploradora.

Y en ese instante llegó el marciano. Y me volvió rarísima.

Dejé de correr, de gritar, de cantar. Dejé de hablar con otros niños. Empecé a esconderme tras las piernas de mamá. Empecé a avergonzarme de los chistes de papá. Me olvide de todos, todos mis juegos.

Diego, como siempre, me salvó la vida. Un día, en el zoológico, alzó los hombros, sacudió los brazos y empezó a chillar como un mono.

—¡Uuu uuu uuu!

Fue un grito tan alocado, que un cuidador de animales pegó un grito también. Yo me reí y reí y reí. Y el marciano salió volando.

Dos días después de ir a la piscina
propongo a mamá ir al zoológico.
El día está soleado. El zoológico huele
a helados, a monos y a juguetes
nuevos. Hay muchos niños, niñas y
osos. Ninguno parece tener marcianos
en las orejas.

Neil Armstrong y yo nos reímos
de las tortugas que echan carreras.
Nos reímos de los loros que tratan de
cantar. Nos reímos de los jaguares que
juegan a las escondidas. Nos reímos del
canguro bebé que aprende a saltar.

Cuando vemos que Diego está cerca, empezamos a chillar.

—¡Uuu uuu uuu!

Nada.

Chillamos como loros, como jaguares, como canguros.

Nada.

Empezamos a hablar en un idioma inventado.

—¡Orep euq aid nat otinob! ¡Euq sodnil selamina!

Nada.

Diego me mira como si estuvieran brotando pestañas de mis zapatos.

Neil Armstrong y yo no tenemos otra opción.

—Solo nos quedan las cosquillas.

Diego era un maestro, un doctor en cosquillas. Ni siquiera tenía que acercarse a su víctima. Alzaba las manos, movía los dedos y empezaba a contar.

—Diez, nueve, ocho…

Con cada número aceleraba los dedos.

—Siete, seis, cinco…

Con cada número daba un paso hacia adelante.

—Cuatro, tres, dos…

Diego nunca llegaba al uno. Para entonces yo ya estaba en el suelo, retorciéndome de la risa.

Las cosquillas son la mejor arma contra los marcianos.

Diego está viendo cómo el león
se queda dormido. Neil Armstrong
y yo nos acercamos de puntillas y,
a la cuenta de cuatro, tres, dos…
    —¡¡¡Cosquillas!!!
Alzamos las manos. Movemos los
dedos. Nos abalanzamos sobre Diego.
    Diego salta y nos quita de encima.
    —¡DÉJAME EN PAZ! —ruge.
No funciona.
Nada funciona.
El león se duerme del todo.

Neil Armstrong y yo caminamos en silencio. Se nos han acabado las ideas.

Sin saber cómo, llegamos hasta los animales de la granja. Neil Armstrong quiere ver a una llama, es su animal favorito.

Encontramos una amarrada a un árbol y se me ocurre una última y brillante solución.

Nadie nos está viendo. Desato al animal. Con la cuerda sujeto a Neil Armstrong sobre su espalda. Luego me subo detrás de él. Estoy segura, ahora sí, que cuando Diego me vea…

La llama gira. Brinca. Patea. ¡Se da cuenta de que está suelta!

Empieza a correr en círculos. Corre en línea recta. Corre en zigzag. ¡Salta un muro!

—¡¡¡Ayuda!!! —grito. Pero ¿quién me va a oír? También gritan el viento, la gente y la llama. El suelo retumba por su galope. El aire retumba con las voces de animales.

La llama corre como nunca ha corrido en toda su vida. Corre como nunca ha corrido ninguna otra llama. Corre como si la persiguieran. Como si la persiguiera un marciano.

Neil Armstrong y yo chillamos de miedo. Chillamos de felicidad. Chillamos hasta que nos salta lodo a la boca.

Niños, niñas y osos nos aplauden. Los cuidadores de los animales nos persiguen. Mamá y papá persiguen a los cuidadores…

Un guardia del zoológico, al fin, nos atrapa. Mamá y papá están preocupados primero, enojados después. Los cuidadores dan un discurso sobre las reglas y amenazan con prohibirnos la entrada al zoológico.

Ni a Neil Armstrong ni a mi nos importa. Nos duele la cara de tanto reír. Me pongo de puntillas y busco a Diego.

Está bajo un árbol mirando su teléfono.

Mamá, papá y los cuidadores siguen frente a mí pero ya no los puedo ver. Solo puedo ver a Diego, a un Diego que no ríe.

También veo al marciano. Me guiña el ojo.

6

MAMÁ Y papá me castigan por el
susto que les di. En mi cuarto pienso
en Diego. Pienso en el más terrible de
los marcianos. Es peor que el que entró
en mi oreja. Es peor porque Diego
no puede sacarlo. Pienso en el niño-
rinoceronte que trajo al marciano a la
Tierra. Odio al niño-rinoceronte.

Neil Armstrong está conmigo. Lo
abrazo y me siento mejor. Le pregunto:

—¿Te acuerdas de lo que pasó
después de que Diego sacase al tercer
marciano?

Neil Armstrong me mira sin
pestañear. Él se acuerda de todo.

Diego me hizo reír y me salvó la vida. Y, para asegurarse de que los marcianos no regresasen, me regaló su oso, mi Neil Armstrong.

—Así se llamaba un astronauta que amaba las aventuras —me dijo—. Con este oso nunca te vas a olvidar de cómo jugar.

Y, como siempre, Diego tuvo razón.
Neil Armstrong y yo hemos escalado
montañas, cruzado laberintos,
explorado el mar, conversado
con bichos, perseguido duendes,
encontrado el tesoro perdido de
Atahualpa… Y nos hemos reído
y reído y reído. Los marcianos ya
no me pueden molestar.

Pero ahora Diego tiene un marciano
en *su* oreja.

Ahora me toca a mí salvarle la vida. Encuentro un lazo y lo amarro al cuello de Neil Armstrong. Tomo un papel y unos lápices de colores y dibujo un cohete yendo a la Luna. Los llevo hasta la puerta del cuarto de Diego. Doy a mi oso un último apretón.

—Llévale a miles de aventuras —digo, hundiendo mi cabeza en su hombro—. Vas a ver como contigo sí se ríe.

Neil Armstrong me mira sin pestañear. Él también va a extrañar nuestros juegos.

Camino despacio por el corredor. Me pesan los zapatos. Oigo que llega el autobús, pero no me acerco a la ventana. Diego entra dando su habitual portazo. Ya estoy en mi cuarto cuando oigo sus pisadas.

Espero.

Al principio no oigo nada.

Pego la oreja contra la puerta.

Nada.

Abro la puerta unos centímetros.

Nada.

Aunque me prometí que no lo haría, saco la cabeza.

Al otro lado del corredor está
mi hermano, levantando a mi oso.
Diego lo mira. Pestañea. Afloja la
mandíbula…

Pero algo pasa. Diego ve el dibujo del
cohete. Su cara se endurece. Empieza
a gritar:

—¡SARA! ¡SARA!

Me escondo tras la puerta. Me
tiemblan los pies, las manos, la cara.

Diego da pasos de elefante, de dragón, de dinosaurio. Al principio creo que viene hacia mí, pero oigo cómo abre otra puerta. Saco la cabeza de nuevo y lo veo. Contengo un grito.

¡Diego está metiendo a Neil Armstrong en el armario!

—¡NO MÁS TONTERÍAS DEL ESPACIO! —suelta.

Su mirada ya no es de tiburón, es de ballena asesina.

Lo último que veo antes de que Diego cierre la puerta de su cuarto es al marciano en su oreja caerse para atrás y patalear de la risa.

7

EN DOS horas llega el autobús.
En dos horas regresan Diego y su
marciano. Tengo dos horas, solo dos
horas, para salvar a mi mejor amigo.

El armario nunca me ha parecido
tan grande. Tengo miedo de tocarlo.
Aunque el armario siempre ha estado
ahí —como el mástil de mi barco,
como una puerta en mi castillo,
como la madriguera de alguna liebre
mutante—, nunca le había prestado
mucha atención.

Ahora sí.

Abro la puerta despacio. No quiero que se caiga nada. Doblo los codos y las rodillas y empiezo a trepar.

Subo cada escalón. Piso con cuidado. Paso sábanas y toallas y la bolsa de astronauta. Subo tanto que ya no puedo ver el suelo. El aire aquí arriba está más frío.

Y ahí, al fin, está mi oso.

Estiro el brazo.

Estiro los dedos.

Ya casi lo alcanzo…

¡Pum!

¡El tablón bajo mis pies se viene abajo!

Trato de agarrarme a lo que pueda. Tiro sábanas y toallas y la bolsa de astronauta.

Neil Armstrong cae a mi derecha. La bolsa explota a mi izquierda. Yo caigo a pocos centímetros de un gato que da un alarido y huye.

—¡Neil Armstrong! ¡Estás vivo! —grito en medio del caos.

Lo abrazo. Lo aplasto. Lo espachurro. Lo estrujo como si ya hubiéramos vencido al marciano.

Pero, como todos sabemos, no hemos vencido a nadie.

—Tal vez el marciano tiene razón —digo—. Tal vez Diego nunca debió ser astronauta.

Miro los juguetes, libros y aparatos caídos por toda la sala.

—Tal vez sí son tonterías del espacio.

Neil Armstrong me mira sin pestañear.

—Pásame la bolsa, Neil Armstrong. Tiremos todo esto de una vez.

Recogemos las cosas poco a poco. Es la primera vez que las vemos de cerca.

—¡Mira estas fotos, Neil Armstrong! ¡Mira estos colores!

—¡Mira esta máquina! ¿Para qué será?

—¿Por qué habrá hecho Diego agujeros en esta caja?

—¿Por qué tendrá estas piedras? ¿Esta pecera está al revés?

Sin pensarlo, el oso y yo empezamos a jugar.

8

CUELGO UNA sábana sobre dos
sillas, creando la sala de control de una
nave espacial. Encuentro cajas para
usar como cascos, guantes de cocina
para el traje de vuelo.

Los libros de Diego se convierten
en sillas, en mapas, en computadoras.
Las maquetas de los planetas son las
lámparas, los mandos y la radio. Hay
un tubo que usaremos como cañón
contra los meteoritos. El cohete es la
palanca del acelerador y un teléfono
para llamar a mamá y papá.

Las piedras son tuercas, tornillos y
botones. Un plato con manecillas es

nuestro volante. La caja con un agujero grande y un agujero pequeño es la televisión y el horno para hacer *pizza*. Tenemos todo lo que necesitamos.

Lo único que no reconocemos es una pecera al revés. La ponemos sobre unos libros, por si acaso.

—¡Neil Armstrong! ¡Toma el timón!

—¡Astronautas, ajusten sus cinturones!

—¿Todo listo para el despegue?

—Cuatro, tres, dos…

Luces y chispas llenan la sala. Los motores gruñen. La nave tiembla. Empieza a elevarse…

—¡Neil Armstrong! ¡Estamos volando!

Tomo al oso de la mano a la vez
que la nave se levanta y nos arroja
para atrás. Los gatos se asoman para
vernos, sus bocas y ojos abiertos,
redondos. La nave tambalea y acelera
hacia la ventana.

—¡Enseguida volvemos, mundo!
¡Nos vamos a la Luna!

La nave silba y pita al salir del cuarto.
Nos despedimos con la mano de los
gatos, de la casa, de la ciudad. Volamos
a través de nubes y sobre volcanes.
Asustamos a un grupo de pájaros
al pasar.

—¡Ya llegamos, Neil Armstrong!
¡Mira! ¡Estamos en el espacio!

Neil Armstrong ya lo sabe. Está
flotando. Su cabeza golpea contra
el techo.

El oso y yo nadamos en el aire.
Nadamos de frente. Nadamos de
espaldas. Hacemos piruetas, volteretas,
acrobacias… Caemos en picado.
A nuestro alrededor vuelan libros
y botones.

—Neil Armstrong, ¡llévanos hasta
la Luna!

—Astronauta, hagamos *pizza*
espacial.

—¡Neil Armstrong! ¿Dónde está
el cañón? ¡Un meteorito se dirige hacia
la Tierra!

Viajamos por días y días. Vemos un planeta lleno de piscinas, otro lleno de llamas. Vemos una luna con loros que no paran de eructar.

Dos cometas se persiguen. Neil Armstrong y yo nos reímos al verlos. Chocan y uno de ellos cambia de dirección. Viene hacia nosotros.

Neil Armstrong y yo dejamos de reír.

—Espera, ¡no! ¡Nos va a golpear! ¡Esquívalo, Neil Armstrong, esquívalo!

¡Pum!

¡Paf!

¡Cataplún!

Un gato se tropieza contra la nave. La sábana cae al suelo. Los planetas salen rodando. El tubo se desploma sobre la caja con agujeros. Neil Armstrong y yo corremos tras las piedras antes de que desaparezcan bajo el sillón. La pecera al revés está debajo de los libros. No me atrevo a ver si está rota.

—¡Neil Armstrong, ayúdame!
¡Se está destruyendo todo! ¡Diego
me va a matar!

—¿Por qué te voy a matar?
—pregunta Diego. Deja caer
su mochila al suelo.

9

SE ME seca la boca. Se me secan
los ojos. Siento como mis brazos
se vuelven de caucho.

—¿Esas… son mis cosas? —pregunta
Diego.

—No quería… No sabía… Estaba
tratando…

Diego abre mucho los ojos. Puedo
ver cómo, poco a poco, se están
convirtiendo en ojos de ballena.

Trago saliva y empiezo a hablar
lo más rápido que puedo.

—Quería-hacer-una-nave-espacial-
antes-de-tirar-todas-tus-cosas-porque-
creí-que-el-marciano-que-vive-en-tu-
oreja-porque-el-rinoceronte-lo-puso-en-
tu-mochila-tenía-razón-y-que-las-cosas-
del-espacio-sí-son-tonterías-pero-hice-
la-nave-y-no-son-tonterías-y-fuimos-al-
espacio-y-flotamos-en-el-aire-y-fuimos-
-a-la-Luna-y-comimos-*pizza*-y-salvamos-
a-la-Tierra-y-era-increíble-pero-los-
cometas-digo-los-gatos-se-chocaron-
contra-nosotros-y-destruyeron-todo-
lo-que-estaba-increíble-y-yo-sé-que-no-
debí-coger-tus-cosas-pero-tú-decías-
que-son-tonterías-pero-yo-sé-que-no-
son-tonterías-y-no-me-importa-que-tu-
marciano-me-saque-la-lengua-o-cante-
o-me-guiñe-el-ojo-o-se-ría-porque-
Neil-Armstrong-y-yo-sí-queremos-ser-
astronautas-cuando-acabemos-Primaria.

—¿Qué?

Tomo aire para volver a empezar.

—Quería-hacer-una-nave-espacial-antes-de…

—¡Sara! —me interrumpe Diego—. ¡Esas son mis cosas!

—Ya lo sé, pero…

—¡Nunca debiste…!

—Sí, pero…

—¿Quién te dijo que…?

—No, lo que pasa es que…

—¡¿Dónde está mi telescopio?!

—¿Tu qué?

—¡Telescopio! Es como un tubo…

—Ah. Está ahí, al lado de la caja rota.

—¡¿Rota?!

—Con agujeros. Tú le hiciste dos agujeros. Neil Armstrong creía que era un horno de *pizza*, pero yo…

—¡No es un horno! ¡Es una cámara estenopeica!

—¿Una qué?

—¡Es para ver eclipses solares! Metes tu cabeza por aquí y… ¿Por qué te lo estoy explicando? ¡No debiste…!

—¿Y este plato? ¿Es el volante de una nave?

—¡Es un astrolabio! Los marineros los usaban para… ¡No! ¡Ese no es el tema!

—Y estas piedras, ¿para qué son?

—¡Son piedras de la Luna! ¿No sabes nada?

—¿Y es verdad que un telescopio dispara a los meteoritos?

Diego se tapa los ojos con las manos.

—Saraaaa, noooo. ¡Es para ver cosas que están lejos!

—Guau —digo yo.

—Sí, ¡guau! —dice Diego—. ¡Y casi lo rompes!

—Ya lo sé—digo yo, mirando a mis zapatos—. Creo que rompí tu pecera.

—¿Mi qué?

Señalo a la pecera al revés que cayó debajo de los libros.

Diego la recoge.

Le da la vuelta.

Tomo la mano de Neil Armstrong.

Espero.

—No está rota —dice Diego al fin.
Yo vuelvo a respirar.
—Qué… qué bueno —digo—.
Y, qué… ¿qué es?

Diego no responde enseguida.
Me mira como si no me hubiera visto
en años.

—¿Qué decías? —pregunta—.
¿Qué era todo eso del rinoceronte
y el marciano?

Encojo los hombros.

—Neil Armstrong y yo le decimos
rinoceronte a ese niño de tu autobús.

—¿A ese niño?

—Ese niño que arquea la espalda
y alza la nariz. Ese niño con cara de
cemento.

Diego parpadea.

—Ese niño que siempre está enojado, que empuja a todo el mundo.

—¿Rinoceronte?

—Ese niño que siempre se sienta solo.

—Rinoceronte.

—Cuando habla, ¿suena como un rinoceronte? —le pregunto.

Diego tuerce la mitad de su boca.

—Sí, igualito que un rinoceronte.

—Pobre.

—Sí —dice Diego—. Pobre.

—¿Diego?

—¿Sara?

—¿Qué es esa pecera al revés?

Diego tuerce la otra mitad de su
boca.

—Es un planetario.

Miro de reojo a Neil Armstrong.
Él tampoco entiende.

—Es difícil de explicar —dice Diego.

—¿Podrías… enseñárnoslo?

Diego sonríe del todo.

—Arregla tu nave —me ordena.

10

TODOS ESTAMOS en la sala de control de mi nave espacial. Todas las estrellas del universo brillan sobre el techo. Diego nos está enseñando a ver cazadores y escorpiones y osos en el cielo. Diego, como buen astronauta, conoce todas las constelaciones.

Neil Armstrong, y yo también, encontramos dibujos. Ahí está la Llama. Ahí está la Pizza. Ahí está Diego vestido de astronauta. Diego se ríe y ríe y ríe. Y, sin que nadie lo note, un marciano sale volando de su oreja.